SÉLECTION DES ENCOMBRANTS

Du même auteur :

JEANNE DE… *Roman*

Claire Le Guellaff

SÉLECTION DES ENCOMBRANTS

Polar du terroir
Nouvelle

Collection
Les Temps Hypothétiques

© 2022 Claire Le Guellaff – Les Temps Hypothétiques

Édition : BoD – Books on Demand,
12/14 rond-point des Champs-Élysées, 75008 Paris
Impression : BoD - Books on Demand, Norderstedt, Allemagne

Illustration : Claire Le Guellaff

ISBN : 978-2-32221-907-0
Dépôt légal : Janvier 2022

Pour celles et ceux qui…[1]

---

[1] Note de l'auteure : «*Je cherche encore la dédicace la plus appropriée.*»

« Le Code de la propriété intellectuelle et artistique n'autorisant, aux termes des alinéas 2 et 3 de l'article L.122-5, d'une part, que les « copies ou reproductions strictement réservées à l'usage privé du copiste et non destinées à une utilisation collective » et, d'autre part, que les analyses et les courtes citations dans un but d'exemple et d'illustration, « toute représentation ou reproduction intégrale, ou partielle, faite sans le consentement de l'auteur ou de ses ayants droit ou ayants cause, est illicite » (alinéa 1er de l'article L. 122-4). Cette représentation ou reproduction, par quelque procédé que ce soit, constituerait donc une contrefaçon sanctionnée par les articles 425 et suivants du Code pénal. »

Avertissement

Cette histoire ne relève que de la vision d'une adolescente bien singulière. Ne prêtez foi à aucune de ses appréciations concernant l'endroit où elle vit ; le département de l'Ain est magnifique et ses habitants : chaleureux !

Aussi, milles excuses aux bressannes et bressans, aux bugistes, aux aindinoises et aindinois, aux burgiennes et burgiens, aux péronnassiennes et péronnassiens, si vous trouvez les propos d'Alex abusifs et déroutants.

DEM
« Déchets encombrants des ménages »

« Les DEM sont des déchets provenant de l'activité domestique des ménages qui, en raison de leur volume ou de leur poids, ne peuvent être pris en compte par la collecte usuelle des ordures ménagères et nécessitent un mode de gestion particulière. Il s'agit le plus souvent de déchets occasionnels. »

Définition d'Actu-Environnement 2003 - 2016

I.
Lundi 10 juin 2013 − 5 h 19 − Péronnas

— Jacques ! Ça y est, c'est réglé ? Je me suis fait un sang d'encre.

— Oui, c'est bouclé. Calé, empaqueté et pesé !

— Personne ne t'a vu ?

— Personne.

— Alors c'est vraiment pour aujourd'hui ? Jacques, j'ai la trouille.

— Tout est prêt, ma chérie : fin du calvaire.

— Dire que dans quelques semaines, on sera à dix mille kilomètres de tout ça.

— Tu as mes papiers ?

— Tiens. Ton avion décolle à 11 h. Embarquement une demi-heure avant, terminal 1, porte D. En premier, tu dois…

— Anne, on a tellement répété !

— Je sais bien, mais ça me rassure.

— De toutes façons, en milieu de matinée, la

circulation reste fluide jusqu'à Saint Ex. N'oublie pas, il faut que tu sois à 7 h à la zone d'assemblage avec ta voiture, pas plus tard !

— Oui, juste Alex à réveiller plus tôt. Dis, j'ai entendu hier qu'il y aurait un mouvement de grève chez BennBruk, ce matin.

— Non. Tadier le déclenchera plus tard, comme prévu. Ce ne sera pas avant deux ou trois jours ; normalement, il sait tenir ses troupes.

— Tu es sûr ?

— Certain ! Ils attendent tous la déclaration officielle du PDG du groupe. C'est prévu à 10 heures.

— Pas de regrets ?

— Aucun. J'en ai soupé de cette mascarade. Être sous les feux et les tirs croisés, c'est bien fini.

— Et Alex, tu crois qu'elle va comprendre, qu'elle va tenir le coup ?

— Anne, on en a déjà discuté cent fois. À treize ans, Alex est bien plus intelligente et indépendante que la moyenne. Tu seras là, à ses côtés, le temps que ça se tasse. Et puis il y a ton frère…

— Tu as raison. Je m'inquiète certainement à tort. C'est vrai qu'elle comprend beaucoup de choses sans qu'on lui explique forcément.

— Et merde ! J'ai oublié les sangles. 5 h 20, j'ai juste le temps d'aller les récupérer. Ne te préoccupe pas autant, s'il te plaît.

— Je t'aime.

— Moi aussi. À très bientôt, au paradis…

– 6 h 40 –

— Alex, dépêche-toi ! Je te rappelle que ton père est tombé en panne. Je dois aller le chercher maintenant. Il doit être à 7 h pile à BennBruk.

— BennBruk, vous n'avez que ce mot à la bouche, papa et toi.

— Allez, vite ! Je n'ai pas que ça à faire.

— J'arrive.

— Ce coup-ci, pense à mettre ton cadenas. On ne va pas racheter un vélo à chaque fois que mademoiselle oublie son antivol. Allez, grouille ! Je ferme la porte.

— C'est bon. Salut Mam', à ce soir. Et dé-stresse !

II.

*Lundi 10 juin 2013 – 14 h 10 –
Commissariat de Police de Bourg-en-Bresse*

Tout s'est enchaîné si vite. Depuis huit heures ce matin, je fais défiler les scènes auxquelles j'ai assisté, sans trop comprendre ce qui m'arrive. Les cris, le bruit des tôles qui s'écrasent et s'empilent, le sang qui éclabousse le sol, les murs et ma mère…

En face de moi : deux flics, et au centre, une psy de secours. Plus trois caméras, rien que ça !

J'ai treize ans et on me questionne. Je ne sais même pas s'ils en ont le droit. Est-ce qu'ils ont demandé l'autorisation à ma mère ? Pas sûr, vu son état.

Je suis devenue *salement* orpheline ; qui plus est, d'un notable. Et je ne pleure toujours pas !

Ma mère se trouve dans une des pièces à côté ; je l'entends hurler. Je n'arrive pas à la plaindre, ni à me plaindre d'ailleurs. Pas une larme, rien.

Pas un battement de cœur plus rapide, presque le silence ; toujours le même rythme. Pas de suées ni de frissons. J'ai faim, c'est tout.

— Alexandra, s'il te plaît, peux-tu nous raconter, à nouveau, ce que tu as vu ?

— J'ai faim.

— On est parti te chercher à manger. Tu veux qu'on fasse une petite pause ?

— Non, ça va. J'ai faim, c'est tout.

Les caméras clignotent, preuve qu'elles fonctionnent. Comme une conne, je pense à mon meilleur profil.

Mon père est mort ce matin, broyé par un robot à la con. J'ai tout vu ; je n'ai même pas crié. Depuis que les pompiers et les flics m'ont récupérée au bout de la chaîne d'assemblage, assise à côté de ma mère, la seule sensation que je peux encore ressentir reste la faim. Je suis là à attendre qu'on m'apporte à manger. Sont trop, ces flics ; ils se mettent en quatre pour moi ! Alors que mon père… Quarante-cinq ans et déjà un connard fini ! Colérique, aigri, radin et déprimant. Je ne peux quand même pas leur dire ça.

Je n'ai jamais su quelles fonctions il occupait réellement chez BennBruk ; directeur du site et bien d'autres choses encore, assimilées à *cadre sup*.

Les caméras clignotent toujours. Ne pas les regarder.

— Alexandra ?
— Alex, je préfère.
— Alex ?
— Oui.

— Ça va ? On peut poursuivre ?

— Je voulais vous demander : c'est un interrogatoire ou une audition ?

— On est là pour t'écouter en tant que témoin et t'aider. Tu disais qu'il était 6 h 30 quand vous avez quitté la maison, ta mère et toi ?

— Oui, à peu près. Mon père avait appelé un peu plus tôt pour que ma mère vienne le chercher. Il était tombé en panne de voiture. Tout ça, je vous l'ai déjà dit.

— Ce qu'on cherche à comprendre, c'est comment tu t'es retrouvée à BennBruk.

— Quand je suis arrivée au lycée…

— Tu es à Lalande, c'est ça ?

— Oui, en Première, section scientifique.

— Ça marche bien pour toi, t'es sacrément en avance pour 13 ans...

Mais qu'est-ce que ça peut bien lui faire à la psy que je sois en avance ? Si elle croit qu'elle va m'attendrir avec sa cinquantaine bien frappée et son allure bressane. C'est-à-dire : solide et charpentée, pour ceux qui ne connaissent pas.

— Alex, ça va ?

— Oui. Pardon. Quand je suis arrivée au lycée, je me suis rendu compte que j'avais encore oublié la clé de l'antivol de mon vélo. J'ai téléphoné à ma mère et c'est comme ça que j'ai appris qu'elle se trouvait encore avec mon père, à BennBruk.

— Et ?

— Je suis partie la retrouver pour récupérer les clés de la maison, oubliées aussi. On est parti en urgence ce matin. Quand je suis arrivée devant les grilles, il y avait des manifestants de partout avec des banderoles « *Non à la délocalisation* ». Je ne savais pas à qui m'adresser au milieu de tous les ouvriers. J'ai demandé où je pouvais trouver mon père.

— Ta maman n'était pas dehors à t'attendre ?

— Non. Ça m'a étonnée, mais j'ai reconnu Guillaume, à l'entrée de l'atelier principal. Il m'a dit que mon père inspectait la zone d'assemblage.

— Guillaume, monsieur Tadier ?

— Oui, c'est ça. C'est le père d'une copine. Quand je suis arrivée au sas, j'ai entendu crier.

— Crier ? Ils se disputaient ?

— Non, ils se parlaient fort.

Ma mère, dans l'entreprise de mon père… Déjà, il y avait matière à s'interroger. Surtout qu'elle travaille à soixante bornes. Oyonnax, ce n'est pas la porte à côté, pour elle.

Vive l'environnement à eux deux : à mon père, la tôle, les pneus et les camions ; à ma mère, le plastique !

— Alex, tu veux bien poursuivre ?

— Pour franchir le sas, il faut passer au travers de grosses lamelles en plastoc.

— Tu es certaine de n'avoir rien vu ?

— Certaine.

— Monsieur Tadier, Guillaume, nous a dit qu'on pouvait tout voir de là où tu te trouvais.

— Je n'ai que 13 ans.

— Tu fais la même taille que lui. Tu es grande

pour ton âge.

— Peut-être.

— Tu t'étais déjà rendue dans l'entreprise de ton père ?

— Oui, une fois, pour mon stage de troisième pendant une semaine.

Je préfère passer en mode *moins j'en dis, mieux je me porte*. J'ai treize ans, oui comme on me le rappelle à tout bout de champ, mais je ne suis pas idiote. Ce que j'ai entendu ne regarde personne, ni ce que j'ai fait, ni ce que j'ai vu. Ils n'ont qu'à interroger Guillaume. Il était très proche de mes parents, au sens propre comme au figuré.

Mon père est mort ; il ne reviendra pas hanter BennBruk. Je comprends bien où veulent en venir ces flics : soit il s'agit d'un déplorable accident à cause d'un robot tout neuf, mais défectueux ; soit c'est un suicide, mais rien n'est moins sûr ; soit ils envisagent un homicide, ce qui reste une hypothèse comme une autre. Il me semble que cette dernière option les intéresse davantage.

Ils ne sont pas si cons, finalement !

III.
Mardi 11 juin 2013 – 10 h 30 – Péronnas

Ma mère et moi avons écopé d'une semaine d'arrêt... de travail et d'école. Cela m'arrange. Dans quelques jours, je passe les épreuves anticipées de français pour le Bac.

Ma mère pleure et renifle, range et dérange, tourne en rond tout en répondant aux appels téléphoniques. Depuis que l'on nous a raccompagnées à la maison hier soir, cela n'arrête pas.

Comme mon père s'était abonné à la presse internationale, nationale et locale – fonction oblige – me voilà avec les gros titres étalés sur la table du salon.

À la Une de *La Voix de L'Ain* :

**Drame chez BennBruk,
tué par un robot dans la zone d'assemblage.**
C'est vers sept heures, hier matin, que le drame est

survenu alors que des manifestants occupaient déjà l'usine de BennBruk sur son site de Bourg-en-Bresse.

La victime, M. M âgé de quarante-cinq ans, était l'un de ses cadres dirigeants. Alors qu'il se trouvait dans la zone d'assemblage, au plus près de la chaîne de montage, il a été happé par un robot et poussé contre une plaque métallique. Le robot l'a ensuite écrasé sans qu'il n'y ait, a priori, commande ou intervention humaine. L'homme n'a pu être réanimé et a succombé très rapidement à ses blessures sous la violence de l'impact.

Un porte-parole de BennBruk indique que l'accident serait dû à une erreur humaine et non à un dysfonctionnement du robot. Il ajoute que le robot mis en place au sein de l'usine de Bourg-en-Bresse ne relève pas d'androïde de nouvelle génération ni ne se trouve sur la même ligne de production que les ouvriers ; celui-ci se trouvait installé en cage de sécurité pour empêcher tout contact accidentel avec les humains. L'accident survenu hier s'est produit alors que la victime était à l'intérieur de la cage de sécurité tandis que son épouse et le contremaître étaient présents, à l'extérieur de la zone concernée.

Il semblerait que la fille de M. M ait assisté à l'accident. Une enquête est ouverte.

Rappelons qu'un scénario similaire en Allemagne s'était déroulé en décembre dernier dans l'une des autres usines du groupe dont dépend BennBruk. Un ouvrier de maintenance s'était retrouvé coincé entre deux robots après avoir été happé par l'un d'eux et plaqué contre le préhenseur. La pression supérieure à deux cents kilos avait occasionné de très graves lésions et fractures…

Tant qu'à faire, il pourrait aussi donner la

marque et l'immatriculation des robots ; des fois que cela intéresserait quelqu'un !

À la Une du *Progrès* :

BennBruk,
le poids lourd burgien endeuillé.

L'entreprise emblématique de l'Ain, BennBruk, premier employeur privé du département a vécu hier matin l'un des plus graves accidents depuis son implantation sur Bourg-en-Bresse en 1960. Le site venait de récupérer l'assemblage des camions destinés au marché étranger et de se lancer dans la toute nouvelle gamme BennBruk. Alors que le groupe est confronté depuis plusieurs semaines à des mouvements sociaux liés à sa réorganisation globale et à une éventuelle délocalisation, le terrible accident, survenu hier et ayant entraîné la mort d'un de ses dirigeants, ne fait que raviver la colère et les craintes des salariés.

Le PDG du groupe se veut rassurant et invite l'ensemble des salariés à se recueillir et à manifester tout leur soutien à l'épouse et à la fille de M. M. Il rappelle qu'une enquête est en cours et que BennBruk collaborera activement afin d'apporter tout l'éclairage nécessaire aux circonstances du drame.

Le Progrès donne dans le national et va bientôt porter le deuil à notre place. Pas envie de lire le Figaro ni la Tribune, quant à Libé… Oui, nous sommes abonnés, aussi !

En ce qui concerne la radio locale, ça y va : un flash info tous les quarts d'heure, toujours le même !

Radio FC Côtière :

Hier, à 7 h du matin, un dirigeant de BennBruk a

été victime d'un terrible accident. Il semblerait qu'il ait été tué par un robot de l'usine, laissant une épouse et leur fille dans la douleur…

Chacun fait sa Une, selon son public.

Le téléphone n'arrête pas de sonner. Ma mère répond à chaque fois ; elle s'en fait un devoir et se retrouve encore plus effondrée.

Faut que je sorte. Vite prendre l'air ! En tout cas, respirer autre chose que le malheur. Benn-Bruk, y-en-a-marre ! Quoique... Je n'aime pas du tout ce que dit ce PDG : « *Apporter tout l'éclairage nécessaire… »* Qu'il s'occupe de sa délocalisation, de sa réorganisation et de ses robots ! Cela ne fera pas revenir mon paternel, quant à ma mère, vu son état, je crains le pire.

— Alex

— Oui mam' ?

— Monsieur Tadier, au téléphone, il souhaite te parler.

— Pour me dire quoi ?

— Alex, il compatit !

— Ben, qu'il compate !

— Alex, s'il te plaît, c'est déjà suffisamment difficile, ne t'y mets pas aussi.

— C'est bon, j'arrive.

…

— Allô ?

— Bonjour Alex, ta mère est à côté de toi ?

— Non, elle vient de sortir dans le jardin.

— Alex, il faut qu'on se rencontre et vite !

— Je ne vois pas pourquoi.

— Il faut que tu me rendes le papier que tu as trouvé ; ce ne sont pas tes histoires.

— Je l'ai jeté.

— Je ne te crois pas. Alex, bon sang, pourquoi as-tu été dire que je ne m'entendais pas avec ton père ? Tu sais bien que c'est faux !

— J'ai simplement dit « *syndicaliste de service* ». Je n'ai fait que répondre aux questions. Ce n'est pas vrai peut-être ?

— Si, si. Simplement, tout ce que tu racontes devient sujet à interprétations, tu le sais.

— …

— Alex, il faut vraiment qu'on ait une discussion tous les deux !

— Je vous repasse ma mère, si je la trouve. Au revoir monsieur Tadier.

Quel salaud ! Soi-disant qu'il compatit… Il a la trouille, c'est tout. Son papier, il ne le retrouvera jamais. T'avais qu'à pas l'écrire, mec !

— Mam', je sors.

— Où pars-tu encore ?

— Il faut que je prenne l'air. Je vais faire un tour en vélo.

— Ne t'éloigne pas trop, s'il te plaît !

— Non, je vais à Seillon, juste une demi-heure.

— Tu sais que je n'aime pas que tu ailles là-bas.

— Mais ça ne craint pas, je t'assure.

— Ce n'est pas le moment qu'il t'arrive quelque chose.

— Il ne m'arrivera rien. Allez, à toute !

Sac à dos et direction le garage, je crois que je n'ai rien oublié : le dossier, son foutu papier, une petite pelle et des gants.

S'il croit que je n'ai pas compris ce qu'il manigançait avec mon père, il se trompe. Mon paternel a toujours eu la fâcheuse idée de laisser traîner ses dossiers un peu partout dans la maison. Quant à ma mère, quel sale coup pour elle ! Dire que dans toutes leurs histoires, ils m'avaient oubliée. Réduite à l'état d'objet !

Ma mère n'est pas la seule à avoir pris un coup de vieux.

IV.
*Mardi 11 juin 2013 – 11 h 20 –
Forêt de Seillon*

Ce que j'apprécie dans la forêt de Seillon, c'est le silence. Un silence feutré.

Lorsque je marche, que l'on soit en automne, en hiver ou au printemps, les feuilles sont toujours là pour assourdir mes pas. La terre reste meuble en toutes saisons ; c'est ma terre aux trésors, ceux que je découvre et ceux que j'enfouis.

Comme tous les Bressans et les Burgiens, j'ai mon repère. Le mien est proche de celui des muguets, des anémones et des pervenches, au pied de ce chêne centenaire que j'ai marqué de mes initiales « *A.M* ». Un hectare, pour moi toute seule, sur les six cents qui la composent. Cette forêt est remplie de bons coins, de quoi satisfaire la population qui arpente ses sentiers. Chacun pense avoir trouvé le meilleur et laisse la place aux autres, avec ceux d'à côté. Un endroit idéal quels que soient les secrets à déposer.

Je me demande si je ne vais pas pousser jusqu'à Bouvent, histoire de mettre les pieds dans l'eau. Je verrai ça plus tard. Pour l'instant, j'ai une urgence : enterrer ce maudit dossier et cette lettre destinée à mon père, sinon je ne garantis plus rien.

– 11 h 25 – Péronnas

— Bonjour Corinne.

— Bonjour madame, je viens prendre des nouvelles. Je peux voir Alex ?

— C'est gentil à toi mais Alex n'est pas là. Après ce que l'on vient de vivre…

— Oui, chez nous, c'est pareil. Mon père ne va pas bien depuis le drame. Et puis cet interrogatoire…

— Il a téléphoné tout à l'heure. Il a voulu parler à Alex ; ça n'a pas duré longtemps. Depuis, elle a filé à vélo. Elle est partie à Seillon.

— De quel côté ?

— J'imagine vers son coin à champignons.

— Je vais voir si je la trouve.

— Fais attention à toi et préviens tes parents.

— Je le fais tout de suite ; je leur envoie un SMS. Au revoir madame et bon courage à vous.

– 11 h 40 – Forêt de Seillon

Merde, c'est quoi ces bruits de pas ? Je n'ai pas

encore enterré la lettre. Où es-tu petit sac papier, que je l'enveloppe bien proprement ? Bon, au bruissement, ce n'est pas un animal, c'est quelqu'un… Apparemment pas trop lourd et pas trop grand. Mais qu'est-ce qu'ils ont tous à se promener aujourd'hui ? On est mardi, ils ne peuvent pas être au boulot comme tout le monde ! Je n'aurais pas dû laisser mon vélo à l'entrée de la clairière. Trop visible. Et comme d'hab, j'ai oublié l'antivol ; pas le moment de me le faire chourer. Plus que deux pelletées de terre, un peu de feuilles par-dessus et la nature poursuivra son œuvre de recouvrement. Allez, « *Calé, empaqueté, pesé et prêt* » comme dirait mon père ! Après, je me casse, j'ai la dalle.

— Alex ?

— Corinne ? Qu'est-ce que tu fous là ? Tu m'as fait peur.

— Je suis passée chez toi et ta mère…

— Qu'est-ce qu'elle est allée te raconter encore ?

— Rien. J'imagine que ça doit être difficile pour toi et…

— Et t'es gentille, mais je ne t'ai rien demandé. Je veux être seule, tu peux comprendre ça quand même.

— Mais je suis ton amie.

— Puisque tu le dis… J'ai besoin d'être tranquille.

— Si tu veux, tu peux venir chez moi.

— Et voir ton père ? Merci bien, aucune envie ! Toujours à coller ou à parler de BennBruk, tu parles d'une invitation.

— Alex, j'ai vu ta maman, elle n'a pas l'air bien.

— Je dois rentrer chez moi pour ça aussi.

— Tu sais que je suis là, si tu as besoin.

— Je t'appelle *Rustine* si tu continues.

— C'est bon, je m'en vais.

— C'est ça, casse toi, je manque d'air.

Non mais, elle commence à me gonfler la famille Tadier. Le père et maintenant, la fille ! Elle est gentille mais qu'est-ce qu'elle peut être cruche par moments. Elle se trouve à des années-lumière de ce qu'ont pu fomenter nos parents. Enfin, surtout son père avec les miens. Les adultes deviennent de plus en plus tordus ; ils sacrifient à tout va pour du fric jusqu'à ce que cela leur retombe dessus. Jusqu'à en oublier l'essentiel. Plus je les écoute et plus je pense qu'ils ne savent même pas ce que ça veut dire : essentiel ! Le fric : une belle valeur familiale longtemps prônée par des générations de *Ventres jaunes*[2]. Et maintenant, la nôtre aussi.

À part ça, ma mère ne s'en remettra pas ; je le sais !

---

[2] "Pendant de nombreuses années, le surnom de *Ventres jaunes* était donné aux habitants de la Bresse. Plusieurs histoires l'expliquent. Autrefois, lors de la vente de poulets et autre volailles, les Bressans cachaient leurs pièces d'or dans une grande ceinture en toile, entourant le ventre. D'autres voisins de la Bresse pensaient que les Bressans avaient naturellement le ventre jaune, à force de ne manger que des gaudes, recette à base de maïs. La moins connue des raisons a comme origine le moustique, qui s'était installé dans les lacs et bocages bressans, propageant une maladie… qui jaunissait la peau ! De nos jours, ce surnom est ancré dans notre patrimoine, et bon nombre de Bressans aiment à s'appeler les ventres jaunes !"
G.B (CLP) - 03 févr. 2012

V.
Samedi 15 juin 2013

Chaque matin, j'ai pris pour habitude de lire toute la presse ; j'en prends et j'en laisse.

Aujourd'hui, j'ai treize ans et demi. Cela n'intéresse personne. Ma tante et mon oncle sont venus s'installer à la maison pour quelques jours. Ils aident ma mère à surmonter « *cette douloureuse épreuve* » comme ils disent. Elle va de moins en moins bien, oublie tout, sauf de pleurer. Par contre, elle n'oublie pas de m'oublier. Finalement, je m'en contrefous. Mardi prochain, on attaque les épreuves anticipées et je n'ai pas à m'occuper d'elle, pour une fois !

La Voix de l'Ain :

Colère chez BennBruk,
les salariés se mobilisent.

Tu m'étonnes ! Ça pullule de mise en italiques, preuve que les salariés, ça cause.

Le 1er mars, Umug Qistum, nouveau président de Wumu – propriétaire de BennBruk depuis 2009, avait donné un grand coup de pied dans la fourmilière en décidant la réorganisation de l'ensemble du groupe pour remettre à plat tous les organigrammes ; dix huit mille salariés concernés. Le site de Bourg-en-Bresse a vu l'arrivée, en 2010, au poste de directeur du site, de M. M. réputé pour ses provocations à l'égard des salariés et ses méthodes managériales anglo-saxonnes, son intégration s'était transformée en épreuve de force…

Eh bien, ils oublient de dire qu'en trois ans, les choses ont évolué. Ils omettent de préciser que c'est un enfant de la Bresse et tout le caractère qui va avec.

Demain, les lignes de production de Bourg-en-Bresse pourraient assembler les camions Nibbéo et Wumu Truck. Le site deviendra un établissement de gamme et non plus de marque, de quoi entretenir l'interrogation sur la gestion de la concurrence entre usines au sein du groupe et une perte d'autonomie du fait que les centres de décision ont quitté la France.

Les salariés évoquent une « coquille vide ». « BennBruk n'est plus qu'une entité, au sens juridique du terme » déclare Guillaume Tadier, trente-cinq ans, contremaître et responsable syndical. «Nos chefs sont américains, nos bureaux d'étude sont en Inde et en Chine, notre paye est faite en Pologne. Je reçois de plus en plus de cadres en détresse, de tous niveaux. »

Valérie, du service des ressources humaines, ajoute : « Nous sommes le premier employeur de l'Ain et pratiquement de la région. Quand la production faiblit, nous mettons en difficulté l'ensemble des sous-traitants. Les délocalisations et les fermetures s'enchaînent. On vit de subventions, surtout pour le chômage partiel et la formation. Sans parler du stress que cela génère. On a eu cinq suicides en trois ans, de l'ouvrier au cadre. »

Bon, ce n'est pas bien gai tout ça. *La Voix de L'Ain* pleure ses morts, mais pas mon père !

Le Progrès :

Mouvements chez BennBruk à Bourg-en-Bresse

L'inquiétude est palpable au sein du site de Benn-Bruk à Bourg-en Bresse. La direction du groupe tient à rassurer les salariés : « Le groupe Wumu a décidé de mettre fin au contrat avec le fabricant Lesteo, en 2009. Cela a eu pour impact de maintenir les emplois sur le site. Nous avons fait de gros efforts d'investissements. La ligne d'assemblage représente cinq cents mètres, quatre heures tout au plus pour qu'un nouveau camion démarre. L'implantation des postes répond aux dernières études en matière d'ergonomie et de logistiques optimisées… »

On n'apprendra rien de plus de ce côté-là. Il est fort, le patron, en matière de récupération et de maîtrise de l'information !

Le Figaro :

Groupe Wumu, baisse de 17% du bénéfice net trimestriel ! Le groupe continue d'investir.

Non mais, faudrait pas que l'action baisse, en plus !

Radio FC Côtière : rien. Silence-radio, c'est le

cas de le dire !

La thèse de l'accident paraît évidente. Benn-Bruk balance la rumeur de l'homicide. Normal, un suicide sur le lieu du travail, ou un accident lié à la défectuosité de leur matériel ne peut que faire tache et serait gravissime pour eux.

Ma mère et moi sommes classées dans la case *Victimes*. Le procureur de la république a ordonné un examen médical pour mesurer la gravité des traumatismes subis du fait de notre présence sur les lieux. Les conséquences psychologiques n'ont pas tardé à se faire sentir, surtout pour ma mère. On attend toujours notre rendez-vous avec psychologues et assistante sociale… Les pauvres, ils sont débordés !

— Alex ?

— Oui, Mam' ?

— Tu viens mettre la table ? En passant, je veux bien que tu m'apportes une couverture supplémentaire.

— J'arrive…

Et pendant ce temps, ma tante et mon oncle lui tiennent la main et pleurent de concert.

Ils me gonflent, mais ils me gonflent !

VI.
Jeudi 18 juillet 2013
Saint-Trivier-sur-Moignans

Je suis passée en Terminale S. On crie au miracle du fait de mon jeune âge et, surtout, par rapport à la période que je traverse. Ils ne comprennent pas encore que je ne compte plus que sur moi depuis longtemps.

Ma mère est sous traitement et bénéficie d'une hospitalisation de jour au CMP[3] de Bourg-en-Bresse pour une période indéterminée. En fait, elle a pété les plombs. Quant à moi, je bénéficie enfin d'un suivi personnalisé avec une psychologue spécialisée dans l'aide et le soutien aux victimes enfants et adolescents. Elle s'appelle Madame Pansois et n'a pas l'air trop tarte.

Depuis fin juin, je suis confiée à ma tante et mon oncle avec l'accord de ma mère. Ils possèdent un petit élevage de chevaux et habitent

---

[3] Centre Médico-Psychologique pour Adultes.

Saint-Trivier-sur-Moignans. Rien que le nom, ça vous situe le coin et l'ambiance. Ce sont de purs Bressans, pas frelatés pour un euro. Ils envisagent déjà, pensant me faire plaisir, de m'emmener à la fête des bûcherons à Mijoux, fin juillet. Tout un programme ! Au pied du col de la Faucille... J'attends l'enclume sous peu.

Ils ne parlent jamais de BennBruk, mais m'abreuvent d'infos sur l'élevage des chevaux. Pour toutes vacances, je me coltine la visite des haras du coin, du parc du Cheval, du centre hippique des Vennes et des hippodromes. Je fais la tournée des éleveurs. Jusqu'à présent, j'y avais échappé parce que ça ne branchait pas particulièrement mes parents. Là, ils s'en donnent à cœur joie ; ils n'ont pas d'enfant. Je saurai bientôt tout sur les chevaux de trait, de sport, de selle, les Holstein et le commerce de semence d'étalons. Je suis cernée par les Paddocks. Je n'ai que treize ans et demi, merde !

Je ne dis rien, car c'est la dèche côté finances. Ma mère est en arrêt maladie, feu mon père n'apporte plus son salaire de ministre – et pour cause – les compagnies gérant les assurances-vie, contractées par mon père, ont envoyé leurs experts pour vérifier si ce ne serait pas un suicide selon la sacro-sainte condition exclusive. BennBruk a diligenté les siens. J'entrevois déjà leur bataille.

De son côté, la Police a basculé dans l'enquête préliminaire. Il paraît que les flics auraient relevé des indices permettant d'alimenter l'hypothèse de l'homicide. Je sens que ça va chauffer du côté des Tadier.

Les comptes en banques sont bloqués,

l'emprunt de la maison court toujours.

Ma mère sombre et, moi, je surnage.

Résultats des courses (c'est le cas de le dire vu le contexte) : j'ai sollicité mon entrée en internat au lycée St Pierre.

Lalande, j'en ai soupé ; l'oncle et la tante, c'est le trop plein !

VII.
Lundi 12 août 2013 – 15 h –
Parc de loisirs de Bouvent

Un jour entier sans ma tante et mon oncle. Pour l'occasion, je suis avec Corinne à Bouvent. Au programme de la journée : re-lâ-che ! Pique-nique, baignade, voile, un petit peu de drague… Tout ça, à deux minutes du centre-ville. Le vélo est rangé et bien cadenassé à l'entrée du parc.

Corinne a apporté ses revues de filles : *LOU-LOU*, *GRAZIA*, sans oublier l'incontournable *STAR SYSTEM*. On rigole et personne sur notre dos pour nous surveiller.

On a le même âge ; je suis admise en Terminale S pendant qu'elle prépare sa rentrée en Troisième. Un monde nous sépare et on ne peut se rejoindre qu'ici, le temps de se baigner et de parler de tout et de rien.

Je suis son idole ; ça me plaît moyennement. Ceux de ma classe me prennent pour une gamine ; je ne les contredis pas.

— Corinne, ton téléphone sonne encore, tu coupes ou tu réponds ?

— Allô, maman ?

— …

— Oh non, pas papa !

— …

— J'arrive tout de suite.

— Il se passe quoi ?

— Les flics ont placé mon père en garde à vue.

— Waouh, le délire !

— Et… Alex, il faut que tu viennes avec moi.

— Ah non ! Je reste ici, je te rejoindrai plus tard.

— T'es obligée, elle vient de me dire que ta mère aussi.

— Quoi, ma mère aussi ?

— Elle est en garde à vue.

— Non mais, ils sont en train de nous faire la totale, là !

— …

— Bon, Corinne, ce n'est pas le moment de pleurer. On y va.

Que le père de ma copine soit mis en cause, je m'y attendais. Mais ma mère, alors là, c'est une surprise.

Le numéro de téléphone de ma tante s'affiche, je sais déjà ce qu'elle va me dire. Je la rappellerai plus tard.

Si ma mère est placée en garde à vue, c'est qu'ils vont perquisitionner chez nous ou ont déjà commencé. Ils peuvent chercher longtemps : il n'y a rien à trouver.

Je me demande comment ils ont pu obtenir un certificat médical le permettant, vu son état psychologique. À moins que ce ne soit Tadier qui l'ait impliquée ; va-t'en savoir pourquoi, tordu comme il est ? Ils ne sont pas amants. De cela, j'en suis certaine.

À tous les coups, les flics vont encore m'auditionner.

— Allez, Corinne, grouille ! Faut qu'on passe devant chez moi.

Finalement, cette enquête préliminaire est une bonne chose ; ne serait-ce que pour écarter l'hypothèse du suicide car je sais que mon père ne s'est pas foutu en l'air.

VIII.
Jeudi 12 décembre 2013
Internat du Lycée Saint-Pierre,
Bourg-en-Bresse

Ça caille dehors ; j'ai le cœur gelé.

Dans dix jours, les vacances. Même si je me plais à Saint-Pierre, je manque de liberté. Désormais, je ne rentre que les week-ends chez ma tante et mon oncle.

La garde à vue de ma mère a duré douze heures et a aggravé son état de santé. La perquisition de notre maison l'a achevée : re-pétage de plombs, et en beauté s'il vous plaît.

Depuis août, elle a cumulé deux tentatives de suicide, une tentative d'étranglement sur ma personne et dilapidé les quelques économies de son compte en banque personnel. Apparemment, elle n'a rien pu faire sur les comptes de mon père puisqu'ils sont toujours bloqués.

Du coup, ma mère et moi sommes placées

sous tutelle. Mon oncle, son frère, a effectué deux demandes conjointes auprès du greffe du juge des affaires familiales : du jamais vu ! Une affaire rondement menée puisque la saisine, l'audition, l'enquête sociale, l'examen médical par le médecin spécifique, le certificat médical bien circonstancié et l'audience se sont réalisés en trois mois.

Le juge a constitué un conseil de famille. À l'unanimité, mon oncle a été désigné comme tuteur légal de ma mère et de moi-même. La sœur de mon père, qui habite Montpellier et que je connais peu, a été nommée subrogé tuteur. J'ai bien vu qu'elle s'en foutait.

Les comptes bancaires de mon père étant toujours inaccessibles et le déblocage des assurances-vie tardant à venir, la dernière réunion du conseil de famille a porté sur l'ampleur du patrimoine de mes parents et a permis de valider la mise en vente de la maison de Péronnas. Pour les autres biens, ils décideront plus tard. Il faut bien payer mes études et surtout ne pas faire n'importe quoi avec ce qui, désormais, constitue ma fortune. Enfin, celle à venir. Ils m'ont consultée, j'ai dit oui. La maison s'est vendue en trois semaines.

Même si je viens d'avoir quatorze ans et comprends la nécessité de telles procédures, la dégradation de l'état de santé de ma mère me perturbe. Je crains que cela ne déteigne sur moi.

Je ressens également le besoin de me protéger de ma tante et de mon oncle. Ils font comme si j'étais leur fille. Trop, beaucoup trop...

J'ai demandé à voir régulièrement madame

Pansois, ma psychologue attitrée. Nous avons abordé la possibilité d'une émancipation lorsque j'aurai seize ans. Elle m'a proposé son accompagnement et son aide.

    J'ai dit oui.

IX.
Samedi 14 décembre 2013
La Petite Halle du Champ de Foire
de Bourg-en-Bresse

En plein dans les Glorieuses… de Bresse !

Ma tante et mon oncle poursuivent mon éducation bressanne, en profondeur, en long et en large.

En octobre, j'ai eu droit à la fête de la courge. En novembre, nous avons célébré le boudin. Ce weekend, nous glorifions le poulet, plus globalement la Volaille, avec un grand « V ». Ils appellent cela *Les Glorieuses de Bresse*.

Nous périplons entre Louhans, Montrevel-en-Bresse, Pont-de-Vaux et Bourg-en-Bresse. C'est bien simple, Bresse s'écrit à tous les carrefours, au cas où on se demanderait encore où on se trouve.

J'ai collé la carte du département dans ma chambre. L'Ain, c'est grand ! Entre plaine et montagne, entre les Dombes et la Bresse, entre le Bugey et le pays de Gex, entre la Haute-Savoie et le Jura : au secours, les Suisses avec moi !

Je viens d'apercevoir Corinne avec sa mère, elle est dans un piteux état. À son dernier conseil de classe, ils auraient envisagé un redoublement anticipé. Je ne savais pas que ça existait.

Pour son père, la garde à vue s'est transformée en mise en examen puis en détention provisoire. Le juge instruit à coup de commissions rogatoires et enquête à charges. C'est pire qu'un ouragan. Tout a été passé au filtre : la maison, les comptes en banque, les ordinateurs, les téléphones, les Ipad, son bureau et l'atelier de chez BennBruk.

Nous concernant, ils n'ont rien trouvé. Par contre chez les parents de Corinne… Monsieur Guillaume Tadier correspondait avec la concurrence. Il trafiquait dans l'intelligence économique et donnait dans l'international. Pour un syndicaliste, ça fait mauvais genre. De là à ce qu'il ait tué mon père, les flics se sont empressés de franchir l'obstacle que représentait le doute. D'autant qu'ils ont retrouvé dans leur garage, le même type de sangles que dans la zone d'assemblage de BennBruk avec les empreintes de mon père et de Tadier.

Non mais, quel con !

Lorsque Corinne m'a raconté ça, j'ai bien vu que ma tante et mon oncle prêtaient l'oreille ; plus question de suicide, donc, plus d'obstacle au déblocage des multiples assurances-vie. Ils prennent soin de mon patrimoine, c'est certain.

En ce qui concerne mon éducation, je suis toujours cernée par les paddocks, et maintenant par les boudins et par les courges ! Sans oublier le Bleu… de Bresse à tous les repas, dit *Bresse Bleu* au cas où l'appellation ne se contrôlerait plus.

Quant aux poulets... Je suis déjà servie.

X.
Samedi 16 Mai 2014 –15 h –
Le Monastère de Brou, Bourg-en-Bresse

Cinq mois sont passés.

Ma mère s'enferme dans le mutisme. Je la vois de moins en moins.

Ma tante et mon oncle rayonnent d'un tel bonheur que cela en devient indécent.

Corinne grandit mal. Guillaume Tadier, son père, est resté en détention provisoire. Le juge des libertés et de la détention en a décidé ainsi en raison « *des nécessités de l'instruction et à titre de mesure de sûreté* » sic *Le Progrès*. Il procède de prolongation en prolongation.

De toute façon, le père de Corinne a cumulé les erreurs : « *Pression sur les témoins* (ma mère et moi), *trouble exceptionnel et persistant à l'ordre public provoqué par la gravité de l'infraction et l'importance du préjudice qu'elle a causé* » sic *La Voix de L'Ain*.

BennBruk s'est empressé de saisir le juge civil pour obtenir réparation du préjudice subi. Il paraît que certains salariés l'envisagent aussi.

Bref, Tadier est dans la merde !

Pour l'instant, il fait beau et je sors de ma séance hebdomadaire avec madame Pansois. J'aime bien aller chez elle. Enfin, à son cabinet qui se trouve chez elle. C'est juste à côté du Monastère de Brou, en pleine réfection : « *Un chef d'œuvre du gothique flamboyant édifié par amour à l'aube de la renaissance* ». La citation n'est pas de moi, mais de l'office du tourisme.

— Allô ?

— Alex, il faut que je te voie.

— Corinne, je suis en pleines révisions du bac, là. Qu'est-ce qu'il y a ?

— Sur mon compte internet, il se passe de drôles de choses.

— Du style ?

— Mails envoyés de ma boite, alors que ce n'est pas moi.

— Eh ben, c'est que ton compte est piraté.

— Mais y a plus grave encore…

— Quoi ?

— Ça parle des profs.

— En bien ou en mal ?

— En mal, en très mal. Au collège, ça remue.

— À mon avis, ça vient des petits cons de ta classe. Pour tout te dire, j'en ai entendu parler à Saint-Pierre.

— Tu pourrais regarder, s'te plaît ?

— Si tu veux.

— T'es vraiment sympa. T'es la seule amie qui me reste.

— Ouais, mais je ne te garantis rien.

— Je sais. Tu peux quand ?

— Maintenant, je suis sur Brou. Je t'attends au bar, en face du Monastère.

— Au bar ? Mais j'ai pas le droit.

— Moi non plus, mais je le prends. Allez, magne-toi et n'oublie pas ta tablette et ton téléphone.

— J'arrive !

Comme d'hab, c'est toujours moi qu'elle appelle.

On ne s'était pas vues depuis un moment. Le choc : dix kilos en plus s'installent en face de moi. Corinne, essoufflée et rouge jusqu'à la racine des cheveux, me tend une tablette rayée et pleine de traces de gras.

— Mesdemoiselles, qu'est-ce que je vous sers ?

— Un jus d'orange, s'il vous plaît.

— Euh, pour moi, un chocolat chaud.

— À mon avis, tu devrais arrêter avec les chocolats. Chauds, en plus !

— Je sais. Mais là, je stresse un max. Ma mère est convoquée lundi au collège.

— Tu m'étonnes.

— Ma prof de français s'est mise en arrêt maladie.

— J'ai entendu dire que ton prof de Maths allait porter plainte pour diffamation.

— Mais j'ai rien fait !

— Tu connais les profs… C'est quoi ton mot de passe ?

— « *Corinne* ».

— Depuis le temps que tu l'as, tu ne l'as pas changé ?

— Ben non.

— Apparemment, c'est bien de ton IP que les messages ont été envoyés.

— Mon IP ? C'est quoi ?

— La signature de ta tablette. Tu veux que je demande à un de mes potes ?

— Oui, s'il te plaît.

— Bon, je file. Je t'appelle ce soir.

— Merci Alex.

Inutile de préciser que l'on n'a rien pu faire. Corinne s'est retrouvée avec une exclusion définitive. Elle a quand même échappé au dépôt de plaintes.

Je perds tout en ce moment, même ma meilleure copine. Même si elle est nouille sur les bords et cruche au centre.

XI.
Samedi 23 Mai 2015
Saint-Trivier-sur-Moignans

Un an, déjà !

En juin dernier, à quatorze ans et demi, j'ai obtenu mon bac avec mention très bien et les félicitations du jury.

Je souhaitais m'inscrire en classes prépa *Maths Sup* au lycée du Parc, à Lyon ; le conseil de famille a opté pour celles du Lycée Quinet, à Bourg. J'ai éprouvé une très grosse déception. Mon tuteur a apporté moult arguments pour qu'il en soit ainsi. En contrepartie, j'ai fourni les miens pour mon dossier d'émancipation. Madame Pansois m'a beaucoup aidée à ce sujet.

En décembre dernier, j'ai fêté mes quinze ans autour d'un chapon crémeux aux morilles et au vin jaune, entre ma tante, mon oncle et leurs bourrins.

Ils commencent un peu à déchanter : je ne suis

pas la fille idéale dont ils rêvaient.

Corinne et sa mère ont déménagé sur Lyon. Je les ai croisées ces trois derniers jours, pour le procès qui s'est déroulé à huis clos devant la cour d'assises de Bourg-en-Bresse.

En tant que témoin et victime collatérale, j'ai assisté aux débats et plaidoiries. Guillaume Tadier est entré dans la salle d'audience, amaigri, taciturne et le regard haineux. L'enquête avait mis en lumière des rapports très conflictuels entre lui et mon père. Il lui aurait tendu un guet-apens par rancœur et par désespoir. Les psychiatres ont fait état d'une « *intelligence au dessus de la moyenne* » et d'une « *personnalité narcissique avec tendances dépressives et des possibilités de passage à l'acte en situation conflictuelle* ». L'avocat général a évoqué son appât du gain ainsi que ses liens avec la concurrence internationale. Liens pour lesquels il avait été fortement rémunéré. L'acte de sabotage sur le robot nouvellement installé en était un élément probant.

Le dernier jour, j'ai été appelée à la barre. Comme je suis mineure, je n'ai pas eu à prêter serment.

Le Président avait manifestement envie d'en finir au plus vite pour préparer le délibéré avec les jurés. Il m'a questionnée sur ce que j'avais vu au moment du drame, de là où je me trouvais. J'ai confirmé ce que j'avais dit lors des précédentes auditions : « *Quand je suis arrivée au sas, j'ai entendu crier, mais je n'ai rien vu.* »

— Des relevés téléphoniques montrent que monsieur Tadier vous a adressé plus de cinq cents textos sur votre téléphone et tenté de vous joindre plus de six cent cinquante fois… en l'espace de… trois semaines.

— Oui, monsieur le Président.

— Pourquoi donc ?

— Je ne sais pas. Il voulait me voir mais je n'ai jamais répondu.

— Effectivement. Pourquoi ne pas en avoir parlé à votre mère ?

— Elle n'allait déjà pas bien. Je n'ai pas souhaité empirer son état.

— Cela a dû être lourd à porter. Vous aviez à l'époque… 13 ans…

— Et demi.

— Vous faisiez déjà plus grande que votre âge ? Comme aujourd'hui ?

— Oui, il paraît, monsieur le Président.

— Si vous avez quelque chose à ajouter, même difficile, c'est le moment.

— Non, monsieur le Président.

— Je vous remercie, mademoiselle. Vous pouvez retourner vous asseoir.

Je me suis sentie très gênée. J'ai détourné le regard pour ne pas rencontrer ceux de la cour, des jurés, et surtout de Tadier. Ma tante et madame Pansois avaient les larmes aux yeux.

Madame Pansois a été la dernière à se présenter à la barre pour témoigner.

Le verdict a été rendu, après quatre heures de délibéré. Guillaume Tadier a été reconnu coupable de meurtre avec préméditation, de menace sur mineur et de tentative d'extorsion de faux témoignages. Il a été condamné à trente ans de réclusion. La justice a rempli son contrat et je me sens soulagée.

Il clame mollement son innocence. Je ne pense pas qu'il fasse appel. Il risquerait la perpétuité, il le sait.

L'audience criminelle achevée, les juges ont statué sur les dommages et intérêts. BennBruk et les assureurs se trouvaient au premier rang.

Je suis rentrée à Saint-Trivier-sur-Moignans, encadrée par ma tante et mon oncle. Madame Pansois a conduit durant tout le trajet.

Ce matin, j'ai appris la confirmation de mon passage en *Maths Spé*.

XII.
Mardi 14 juillet 2015 – 11 h – RD 1075
Saint-Martin-du-Mont

Un moment d'absence ou d'inattention. La route disparaît, les champs s'effacent…

Rien qu'un semblant de ligne droite, comme dans un rêve.

Un braquage, puis un contre-braquage. Glissement sur l'asphalte, en silence…

Puis le choc. Les tonneaux s'enchaînent. La tôle se plie et s'écrase. La tempe de la passagère heurte violemment l'arceau de la portière. L'Airbag se déclenche une demi-seconde trop tard. Le volant explose le thorax du conducteur. Le pare-brise vole en éclats. Les sacs posés sur la banquette arrière font office de projectiles et fracassent les crânes. Les yeux sortent de leur orbite.

La tôle, encore, broie et sectionne les membres. Le sang se déverse en flots dans un amas de chair et de ferraille. De la fumée s'échappe du véhicule.

Puis le silence, à nouveau.

Mercredi 15 juillet 2015, La Voix de l'Ain :
Accident mortel à Saint-Martin-du-Mont, le mystère du kilomètre 12 de la RD 1075 est relancé.

C'est sur la RD 1075, à Saint-Martin-du-Mont, près du lieu-dit Maison Chêne, qu'une nouvelle fois, un terrible accident est survenu ce mardi 14 juillet aux alentours de onze heures.

Alors que la visibilité était excellente à cet endroit, le conducteur se serait déporté violemment sur la droite sans raison apparente. Selon les témoins, il aurait fait plusieurs tonneaux avant de s'immobiliser dans un champ en contrebas. Les sapeurs-pompiers avec l'aide du SMUR de Bourg-en-Bresse ont désincarcéré les passagers âgés respectivement de quarante-six et cinquante ans, tous deux originaires de Saint-Trivier-sur-Moignans. Les deux occupants du véhicule sont décédés sous la violence du choc. L'enquête menée par la brigade de gendarmerie de Pont-d'Ain-Poncin permettra d'identifier les causes de cet accident.

Les accidents mortels n'en finissent pas de se succéder sur cette petite portion en ligne droite de la départementale 1075. Le Maire de Saint-Martin-du-Mont ne cesse de rappeler que les ondes électromagnétiques pourraient en être à l'origine et d'ajouter : « Nous ne pouvons plus parler de fatalité ou de coïncidence dans la mesure où de nombreux accidents demeurent inexpliqués. Dans ce secteur particulier, on parle de perte de contrôle, de trou noir, d'absence momentanée, mais rarement d'explications claires. Les gens se tuent, ou tuent en ligne droite, en venant soit de Bourg, soit de Pont-d'Ain, toujours dans l'emprise de sécurité du pipeline… Le pipeline comprend deux conduites qui transportent du pétrole brut, et à une dizaine de mètres se trouve la nappe phréatique – Couloir de Certines – traversée par de forts courants… Sur le point kilométrique 12 de la départementale, les fréquences se situent entre 26 et 40 GHz, alors que près du pipeline elles évoluent entre 4 et 8 GHz. Cette importante variation prouve qu'il y aurait donc bien un champ magnétique dans cette zone… »[4]

Lorsque la gendarmerie m'a téléphoné, j'ai expulsé un profond soupir. Comme pour le décès de mon père, je n'ai pas pleuré pour celui de ma tante et de mon oncle. Pas de larmes, pas de frisson ; j'ai juste ressenti une grande sensation de faim.

J'ai dormi chez madame Pansois après avoir obtenu l'autorisation expresse du juge des Tutelles, sollicité dans l'urgence.

Un nouveau conseil de famille doit être mis en place. Ma tante de Montpellier va devenir ma tutrice légale.

Mon dossier d'émancipation se concrétise, face à la nécessité.

---

[4] http://www.20minutes.fr/sciences/589967-20100826-sciences-23-morts-en-voiture-dans-l-ain-une-explication-electromagnetique.

Pour plus d'informations :
http://www.ddmagazine.com/200908101380/actualites-du-developpement-durable/L-oleoduc-Sud-Europeen-passe-t-il-pres-de-chez-vous.html

Madame Pansois m'a donné un double de ses clés. Jusqu'à nouvel ordre, je logerai chez elle.

XIII.
Jeudi 10 décembre 2015
Bourg-en-Bresse

Madame Pansois saisit le courrier glissé sous sa porte et reconnaît mon écriture.

Elle sourit et soupire : « *Orpheline si jeune et dans des conditions si tragiques, pauvre gamine ! À peine trois ans de suivi pour reprendre pied, c'est si peu.* »

Je crois que ce qui m'a sauvée reste mon humour, un peu noir, et mon intelligence si étonnante pour mon âge, comme ils disent !

Ah, la voilà en lecture…

À l'attention de Madame Pansois
Montpellier, le 9 décembre 2015

Chère Madame Pansois,
Il ne me restait plus qu'à vous écrire et vous remer-

cier. Il aura fallu deux ans et demi à l'administration judiciaire pour déterminer les circonstances du drame.

Vous m'avez aidé à franchir les étapes, à faire mes deuils, comme vous le dites si bien. Mon statut de victime, auquel vous avez fortement contribué, m'est devenu confortable.

À l'audience, j'ai trouvé votre déposition brillante. Je ne doute pas que cela a dû être votre jour de gloire. Vous ne pouviez qu'exceller devant ce parterre d'abrutis, aptes à gober la moindre abstraction et prêts à tout pour enrichir leur demi-neurone.

Ma mère ne s'est pas remise. L'observation de sa dérive m'a convaincue du bien-fondé de l'enquête judiciaire et des méthodes employées. Rien de tel pour retourner les synapses et provoquer la connexion zéro. Aujourd'hui, elle est définitivement confiée aux bons soins de l'État.

Que vous dire encore ? Mon père trafiquait à l'international avec Tadier, une équipe bien huilée, au vu des dossiers que j'avais trouvés. Sous un nom d'emprunt, il envisageait également de racketter BennBruk, potentiellement impliqué dans les fuites de l'oléoduc sud-européen.

Lorsque j'ai compris qu'ils avaient organisé leur départ avec ma mère, prêts à m'abandonner pour quelques années à ma tante et mon oncle en toute complicité ; je ne l'ai pas supporté. Mes émotions naissantes trop fortes ont rompu leurs amarres. Il fallait qu'ils payent.

Pousser mon père, sans être vue, au moment de leur sabotage organisé m'a été très facile. Ma mère et Tadier ne diront jamais où ils se trouvaient à ce moment-là. Ruiner ma mère en lui avouant *l'intentionnalité de mon geste l'a été tout autant, bien que j'aie failli y rester. Menacer Tadier d'autres crimes plus graves, pour qu'il renonce à tout appel, fut un jeu d'enfant ; lui qui s'amusait à m'appeler sa petite Lolita.*

Pour moi, comme pour BennBruk, il était le coupable idéal !

Concernant Corinne, devenue bien trop collante, son évacuation du circuit domestique se fit à coup d'IP.

Par contre, à mon grand regret, je ne suis en rien responsable du décès de ma tante et de mon oncle, le hasard a bien fait les choses, à moins que ce ne soit BennBruk. Mais j'en doute.

Une partie des usines a finalement été délocalisée en Chine. J'ai récemment été informée, par le notaire de feu mon père, que le portefeuille d'actions, de l'encadré supérieur qu'il était, avait fait des petits. Le péril jaune ne me concerne donc pas. La somme initiale s'embellit d'une longue traîne de zéros, de mois en mois, s'ajoutant au reste de mes nombreux héritages. À victime collatérale : gros bénéfices secondaires !

Aujourd'hui, presque toutes choses, événements et personnes, ont repris leur place et occupent la case qui leur revient. Une question de tri, les encombrants nécessitent bien un mode de gestion particulière !

Dans deux jours, je fêterai mes seize ans révolus et je serai officiellement émancipée. Je prendrai possession du pactole, car ma petite entreprise ne connaît pas la crise.

Il ne me reste qu'un dernier encombrant : vous !

Comme les autres, mon QI vous a fait oublier que je n'étais qu'une enfant. La maltraitance commence là ; vous en êtes tous responsables.

Vous voilà parvenue au terme de cette lettre et de notre aventure.

Dans un quart d'heure, à peine, votre patient si difficile, celui dont vous m'avez parlé dernièrement au téléphone, viendra à son rendez-vous, comme à son habitude, chaque jeudi matin. Son obsession des couteaux et du sang va amplement se satisfaire. Je ferai place nette pour laisser libre cours à ses empreintes.

Quelle merveilleuse idée de m'avoir donné un double de vos clefs… au cas où !

Alex

— Non, ne bougez surtout pas ! Vous allez entendre un petit clic : le cran d'arrêt vient de se déverrouiller. La peur vous pétrifie ; une mauvaise sueur vous inonde ? J'ai espéré cette odeur. Laissez-moi juste cinq secondes pour la respirer.

Quatre, trois, deux, un : voilà, c'est fait. La lame du couteau se trouve enfin au bon endroit !

Il ne me reste qu'à reprendre cette lettre et partir l'enterrer avec les autres.

Plus personne ne m'attend. D'ailleurs, personne ne m'a jamais attendue.

Et j'ai comme une petite faim… Encore !

Précautions d'usage

Ce récit est une pure fiction. Les personnages, les entreprises nommées n'existent pas ; seuls les médias, les fêtes et les lieux mentionnés sont réels.

Si d'aventure, certains lecteurs y trouvaient un fond de vérité, ils en assumeraient l'entière responsabilité.

Table des matières

Lundi 10 juin 2013 – 5 h 19 – Péronnas 13

Mardi 11 juin 2013 – 10 h 30 – Péronnas 23

Mardi 11 juin 2013 – 11 h 20 – Forêt de Seillon 29

Samedi 15 juin 2013 33

Jeudi 18 juillet 2013 Saint-Trivier-sur-Moignans 37

Lundi 12 août 2013 – 15 h – Parc de loisirs de Bouvent 41

Jeudi 12 décembre 2013 Internat du Lycée Saint-Pierre, Bourg-en-Bresse 45

Samedi 14 décembre 2013 La Petite Halle du Champ de Foire de Bourg-en-Bresse 49

Samedi 16 Mai 2014 –15 h – Le Monastère de Brou, Bourg-en-Bresse 53

Samedi 23 Mai 2015 Saint-Trivier-sur-Moignans 57

Mardi 14 juillet 2015 – 11 h – RD 1075 Saint-Martin-du-Mont 61

Jeudi 10 décembre 2015 Bourg-en-Bresse 65

Pour contacter l'auteure
claire@cmleguellaff.fr